AF503933

LES DERNIERS ADIEUX

DU

QUAI DE GÊVRES

A LA BONNE VILLE DE PARIS.

LES DERNIERS ADIEUX

DU

QUAI DE GÊVRES

'A LA BONNE VILLE DE PARIS,

A LONDRES;

Et se trouve à PARIS,

Hôtel de Mesgrigny, rue des Poitevins,
& chez les Marchands de Nouveautés.

____

1787.

PRÉFACE.

Il y a des temps, difoit un homme de bien, où il faut attacher à la raifon même des grelots, pour qu'elle corrige les ridicules, en paroiffant folâtrer.

LES DERNIERS ADIEUX

D U

QUAI DE GÊVRES

A LA BONNE VILLE DE PARIS.

Soleil, je te viens voir pour la derniere fois.

C'EST ainsi, brillante Capitale, que frappé de ta splendeur, j'emprunte le langage de Racine à dessein de te rendre mes hommages, & de t'exprimer mes regrets.

Adieu donc charmante Ville, toi

A

qui me vis naître & qui m'as foi-
gneufement confervé jufqu'à ce jour.
Adieu donc, chers Habitans, vous
à qui j'offris à toute heure & fans
nul intérêt le paffage le plus com-
mode & le plus sûr, en cela bien
différent de ce petit Pont - Rouge
qui ofe mettre à contribution
les Etrangers comme les Citoyens.
Tant il eft vrai qu'il fuffit d'être
malhonnête, pour fe faire refpecter !

Combien ne m'eût-on pas ména-
gé, fi j'avois fait dorer, aux dépens
du Public, mes plafonds & mes
toits ; fi fans jamais rien payer,
j'avois mis en magnifiques verres
de Bohême mes différens chaffis,

(3)

fi j'avois enfin orné de glaces prifes à crédit mes boutiques & mes magafins ? Mais hélas ! trop modefte & trop péu confiant, j'ai la honte de m'en aller fans laiffer à ma fuite une fuperbe banqueroute , & fans avoir eu le courage d'imiter le bruyant exemple de tant d'êtres à fracas qui m'avoient fi bien fervi de modeles.

Mais quelque chofe que je puiffe dire , ma perte eft réfolue ; & au bout du compte , par quel heureux hafard l'infortuné petit Quai de Gèvres feroit-il épargné , lorfque Palmire n'offre plus que des ruines ; lorf-que les jardins de Sémiramis ne fub-fiftent plus ; lorfque les pyramides d'Egypte se dégradent ; lorsqu'il n'y a pas même de vestiges de Carthage & d'Athenes ; lorsque l'Empire Romain a fini ; lorsqu'en un mot le fameux pourpoint dont Scaron faisoit ses jours de gala , se trouve usé, comme il nous l'apprend lui-même dans les vers suivans :

Superbes Monumens de l'orgueil des humains,
Pyramides, *tombeaux* dont la vaine structure
A témoigné que l'art par l'adresse des mains,
Et l'assidu travail peut vaincre la nature.
Vieux palais ruinés , chefs-d'œuvre des Romains ;
Et les derniers efforts de leur architecture.
Colysée, où souvent ces peuples inhumains,
De s'entre-assassiner se donnoient tablature,
Par l'injure des ans vous êtes abolis ,
Ou du moins la plupart vous êtes démolis ;
Il n'est point de ciment que le temps ne dissoude ;
Si vos marbres si durs ont senti son pouvoir,
Dois-je donc m'étonner qu'un mauvais pourpoint
        noir,
Qui m'a duré deux ans , soit percé par le coude ?

D'ailleurs, je n'étois plus fupportable, il faut l'avouer, depuis que le Palais-Royal s'eft métamorphofé en un fallon délicieux, depuis que chaque talent y trouve fon théâtre, chaque grace fa niche, chaque folie fon grelot.

Paris lui-même languit en comparaifon dé ce lieu féduifant. Plus de mafcarades au fauxbourg S. Antoine, plus de concours à la foire S. Germain, plus de rendez-vous aux Boulevards, plus de promenades au Luxembourg, plus d'élégans aux Tuileries, plus de monde aux Champs-Elyfées, plus d'acheteurs chez les Marchands, plus de coteries dans les Cafés, plus d'exiftence enfin

A 3

qu'au Palais-Royal. On y suspend les chagrins, on y oublie les dettes, on y berce l'oisiveté, on y tient ménage, on y satisfait tous les besoins.

Paris est la liqueur vivifiante de toutes les régions ; le Palais-Royal l'élixir de Paris. Quiconque s'y promene y prend de l'esprit, des manieres, des tons ; & le Docteur *Gogas* est tout étonné de voir un malade qu'il comptoit faire enterrer, en revenir sain & gaillard ; & la petite Bourgeoise se pâme à la vue de sa fille qui semble une Duchesse, depuis qu'elle a passé le seuil du jardin ; le Gentilhomme, même campagnard, équipé d'un habit jadis neuf,

d'un énorme feutre, y devient homme
du jour, y parle nouvelles, y parle
spectacles, & finiroit par avoir autant de mérite qu'un Académicien ,
fi le deftin qui veille à la gloire
des Académies n'y mettoit obftacle.

Qu'on m'acheve, s'écrioit un agréable qui venoit de fe caffer la jambe ;
qu'on m'acheve , encore une fois , s'il
me faut demeurer quarante jours
fans pouvoir me traîner au Palais-
Royal. *Damon* vient de la Province
y perdre le fouvenir de fa femme
& de fes enfans; *Olympe* y accourt
dans l'efpoir d'y rencontrer un mari
qui ne foit pas le fien ; & un ori-
ginal arrive de Bordeaux à perte
d'haleine, y refte quatre mois , s'im-

pose la loi de ne point voir les autres quartiers, comme étant indignes de ses regards, & s'en retourne la larme à l'œil, fâché de n'y pouvoir vivre, & de ne pouvoir s'y faire enterrer.

J'eus aussi la vogue autrefois, moi qui ne parois maintenant qu'un objet de rebut. Chacun vint m'admirer au moment que je naquis, & je sais qu'alors le Magistrat à grande fraise, la Présidente en vertugadins, le petit Maître en bas à fourchettes d'or, le Financier en larges galons, maris & femmes se tenant sous le bras, me trouvoient ravissant, & combloient d'éloges l'Architecte qui m'avoit si joliment construit. Hélas! comme ils seroient maintenant étonnés de mon avilissement !

Je me meublai peu à peu des ustensiles en usage, car je n'eus jamais une grande fortune, mon honneur m'ayant toujours préservé des gains illicites, & de cette rapacité qu'on ne connoît que trop lorsqu'on vend. L'attention qu'on eut de me placer le long de la Seine, m'empêcha de prendre ces grands airs qu'on se donne malgré soi, lorsqu'on est à califourchon sur un fleuve. On me força par-là d'être modeste ; & je puis dire avoir fidellement rempli ma tâche, n'ayant jamais connu ni les appareilleuses, ni les appareilleurs, n'ayant jamais vendu que des modes avouées par la pudeur.

Ajoutez que je ne mis jamais l'enfeigne d'efprit, & que bien m'en prit. Mon imagination ne m'auroit jamais fourni les moyens de créer ces chapeaux à panaches qu'on prend de loin pour des clochers, ces boucles plus grandes en quelque forte que le foulier, ces boutons où le petit Maître fait peindre fes Maî-treffes, avec la précaution de n'offrir à la vue que les plus jolies, & de cacher dans les plis celles dont la fraîcheur fe paffe; mais comme tout eft relatif aux temps où l'on exifte, mes boutiques fe trouverent parfaitement afforties ; & je dus cette faveur à Madame *Rafatin*. (Le Ciel veuille avoir pitié de fon ame.) On eût dit qu'elle étoit ma Maîtresse, tant elle prit à cœur mes intérêts. On l'appeloit l'Orateur des Communes. Son ingénuité nous donna souvent la Comédie. Je me rappellerai toujours qu'un Médecin lui ayant ordonné de ne point manger en ville, parce qu'elle étoit gourmande, elle avoit la simplicité d'aller tous les jours dîner dans quelque fauxbourg, croyant par ce moyen esquiver les indigestions.

Ce que c'est quand on erre en médecine! ce que c'est quand on ne prend pas bien l'esprit du Médecin! Elle fut suffoquée, dans un moment, d'un repas pris trop goulument au fauxbourg Saint-Marcel; l'on y mangeoit alors.

Elle étoit la Reine du Quai par sa tournure, par ses manieres, par ses assortimens. On trouve encore des paravents de sa façon dans quelque garde-meuble, & des éventails exécutés d'après son idée chez quelques Prudes. Les hirondelles de carême n'osoient faire leurs emplettes que chez elle, dans la crainte d'avoir ailleurs *du profane.*

Elle mourut en laissant son magasin parfaitement bien garni de tous les colifichets du temps. On lui écrivoit de toutes les Provinces pour avoir ce qu'il y avoit alors de plus recherché ; & le Quai de Gêvres étoit devenu si fameux par ses correspondances & par ses soins, qu'une marchandise

marchandise qui n'étoit pas achetée chez moi, n'avoit aucun mérite.

Il n'y a pas quarante ans que cette manie subsistoit encore, sur-tout chez ces Plaideuses de Provinces qui venoient alors en habit noir arpenter tout Paris, & qui s'imaginoient qu'en prenant au Quai de Gêvres un mantelet, une coëffure, un fichu pour leurs filles, c'étoit un moyen assuré de les marier dans l'année : chose d'autant plus extravagante, que les modes mêmes du Palais-Royal ne produiroient pas cet effet. Le flambeau de l'hymen ne s'allume plus que pour des fortunes bien réelles ; & si l'on veut trouver des mariages formés par l'amour, il faut les

B

chercher dans les Comédies, ou dans les Romans. Mais, quelque chose qu'on puisse dire, mes vieilleries valoient bien les nouveautés du jour; & comme elles n'étoient pas trop cheres, & qu'on ne les payoit que leur prix, elles ne conduisoient la jeunesse ni au Temple, ni au Mont-de-Piété, ces pélérinages devenus malheureusement trop fameux, & qu'on fréquente avec la plus grande assiduité lorsqu'on prend le goût de se ruiner.

Aussi ne craindrai-je point d'affirmer que s'il venoit un ordre aux agréables comme aux élégantes du Palais-Royal, de remettre sur le champ tout ce qu'ils peuvent devoir,

ils fortiroient prefque tous fans ba-
gue, fans montre, fans chapeau; &
peut-être fans habits. C'eft alors qu'ils
invoqueroient le fecours des méta-
morphofes ; mais il y en auroit bien
peu qui, femblables à Daphné, fe
changeroient en laurier.

Quant à moi, je ne vendis jamais
affez cher pour appauvrir mes pra-
tiques. Auffi ne me vit-on point
accablé de remords. Toujours la belle
humeur fut l'aurore de mes jour-
nées. Il falloit me voir autrefois
provoquer le bon vin, exciter l'appétit, appeler mes voifins, fouper
familiérement avec eux, par le moyen
de quelques planches qui commu-
niquoient d'une boutique à l'autre,

B 2

& qui fermoient le paſſage : dès que la nuit étoit venue, les vis-à-vis ſe rapprochoient, & l'on ne faiſoit qu'une ſeule & même famille de tous les habitans du Quai. C'étoit encore de l'invention de Madame *Rafatin*, la femme la plus cocaſſe qu'on ait vue. L'on mangeoit de bonne amitié une oie ſemblable à celle de l'Avocat Patelin, cet oiſeau qui me fut toujours cher depuis que ſes Aïeux & ſes Conforts ſauverent Rome & le Capitole ; mais comme l'ingratitude eſt maintenant plus à la mode que jamais, & qu'on ſe fait gloire d'oublier les ſervices les plus ſignalés, le jeu même de l'oie (parce que Moliere s'aviſa de le ridiculiſer) n'eſt plus de mise, quoiqu'il valût bien, en vérité, l'insipide jeu du *vingt & un*, & celui du *loto*.

Nous nous racontions tous en buvant du petit vin de Surenne & d'Ivry, nos petites ventes, nos petits gains, & nous tenant toujours entre la médifance & la calomnie, le prochain n'étoit que légérement égratigné. Nos chanfons bachiques pafferoient aujourd'hui pour des hurlemens, depuis qu'on ne chante plus à gorge déployée.

Il n'y a pas de doute que fi j'euffe vécu dans la proximité du Palais-Royal, j'aurois pris la méthode de pincer les levres, de ne faire fortir du gofier qu'un fimple filet.

& que j'aurois employé quelque ver-
nis propre à cacher mes années, à la
maniere de ces Baronnes septuagé-
naires, qui moyennant un visage ré-
crépi, trouvent encore des adorateurs
& des complimens.

L'astuce fut toujours le grand
art de faire des duppes. Combien
de veuves surannées, qui se don-
nent pour très-riches à dessein de
prendre des jeunes gens dans leurs
filets; mais à qui l'on dit souvent,
je passe, quand elles croient faire
beau jeu.

L'on me conseilloit, il y a quelques
années, de faire venir des Géor-
giennes, & d'en meubler mes magasins, dans l'intention de dépeu-

pler le Palais-Royal , & de renaître d'une maniere éclatante. C'étoit un Gascon ruiné qui se chargeoit de l'entreprise, moyennant une somme que je lui aurois comptée. Il me disoit, ce que je savois avant lui, que pour bien achalander une boutique dans Paris, on louoit quelque joli minois, jusqu'à ce que les Amateurs eussent pris le train d'y venir. Les profits devoient se partager, & nous devions nous enrichir à coup sûr.

Je n'eus garde d'adopter un tel plan ; & je me dis à moi-même, il feroit beau voir le petit Quai de Gêvres qui, sans être dévot, fut toujours honnête ; le petit Quai de

Gèvres, qui ne fit jamais parler de
lui qu'en tout honneur, se profaner
par une telle entreprise ; plutôt périr mille fois : du moins faut - il
des mœurs. Que seroit-ce d'un pays
qui n'en auroit pas ? Des jeunes
gens iroient en foule y demeurer,
sans compter les vieux ; & bientôt
ils en reviendroient ruinés de toutes
manieres, & maudissant leur sort.

Je ne dis pas qu'il n'y ait eu sur
mon sol quelques petites intrigues,
quelques œillades ; les signes de tête
y furent même assez fréquens. Car,
comme dit la chanson, plutôt garder cent moutons dans un blé, qu'une
fillette dont le cœur a parlé. Le sexe
est trop aimable, pour ne vouloir

pas être aimé. Lucrece, toute ver-
tueuse qu'elle étoit, avoit, dit-on,
des *collerettes* qui approchoient de
la coquetterie.

Ce qui conserva ma réputation,
c'est qu'il y eut toujours chez moi
des tantes à foison. L'on sait que
naturellement grondeuses, elles veu-
lent avoir sur leurs nieces le même
empire qu'auroit une mere, & qu'elles savent toutes se faire obéir.

Elles défendirent sur-tout cette
maniere d'encroûter les visages, &
de les enluminer, disant, avec raison, qu'autant falloit-il être poupée
de plâtre, qu'exister de la sorte.

Un plaisant disoit un jour à une
femme ainsi fardée, qui vouloit avoir

un éloge, *ôtez votre croûte, vous serez ma mie.*

Il eſt ſans doute étonnant combien l'on a fait de pas dans les ſentiers de l'artifice ; chaque année nous emporte une parcelle de la pudeur & de la bonne foi de nos aïeux, ſans qu'on puiſſe dire où cela va ſe réfugier, car je ne penſe pas que ce ſoit dans l'étude de quelque Procureur, ou dans le cabinet de quelque Traitant. L'on m'avoit conſeillé de prendre un de ces Procureurs pour faire valoir mes droits & mon ancienneté, ne fut-ce, me diſoit-on, que pour périr en regle. Je n'eus garde de donner dans un pareil panneau. Bientôt ils m'auroient conſumé en frais ; & mon exiftence eût été piré que ma deftruction. Je m'y connois. Il ne faudroit qu'un quarteron de ces Meffieurs pour ruiner de fond en comble la plus riche & la plus vafte Cité. J'en ai la preuve dans le feu Procureur *Croquet* qui paffoit tous les jours fur mon terrein, & qui, par le moyen d'affignations fur affignations qu'il faifoit donner aux Propriétaires des maifons dont il vouloit s'emparer, venoit enfin à bout de les dépifter. On fe laffoit d'être ainfi vexé ; & dans une confu-fion qu'on ne peut rendre, on de-venoit victime de la plus horrible chicane. Tous mes Locataires fe feroient ruinés en procès, fi on l'eût écouté; il rodoit fans ceffe pour les mettre aux prifes & pour les diftiller. Il étoit au moment de louer un petit réduit pour en faire un bureau de grifonnage & de fupercherie, quand un vénérable Eccléfiaftique vint à perte d'haleine m'en avertir.

Je n'ouvrois mon afyle qu'à des gens honnêtes ; & s'il arrivoit quelque petit fcandale, on décampoit à petit bruit. Il y avoit moins de divifions qu'ailleurs, par la raifon qu'on n'avoit pas le temps de fe broüiller. Un flux & reflux de paffans & d'acheteurs tenoit en l'air tous les efprits. Les quatre parties de l'Univers daignerent me vifiter. Polonois, Ruffes, Suédois, Turcs, Efpagnols, Chinois même,

même , tous passerent sur le Quai de Gêvres, les uns y roulant des chagrins , les autres des plaisirs ; ceux-ci gravement occupés de petits riens ; ceux-là méditant gaîment de grands projets.

Quelles annales à parcourir, si je pouvois donner leur histoire, d'autant mieux que chaque individu, dans ses rêves comme dans ses desirs, est l'abrégé du monde entier ! Combien ne paieroit-on pas le répertoire de toutes les gentillesses & de toutes les folies de nos coquettes & de nos élégans ! Que de choses qui passent par leur tête, & encore plus par leur cœur ! On n'en lisoit qu'une partie dans leur yeux ; mais je les

C

devinois à leur maniere de dire &
de se présenter. La dévote ne donnoit que des demi coups-d'œil dans
toutes les boutiques, où il y avoit
du couleur de rose & du clinquant;
Il faut croire que les autres étoient
pour le Ciel. La prodigue achetoit
tout, voyoit tout, & ne s'en alloit que
pour revenir. Il lui falloit des ho-
chets pour des enfans qui n'étoient
pas encore nés, des bourses pour
des amans qu'on espéroit se donner, des bagues pour orner tous
ses doigts, des dentelles pour être
toute en découpure, & pour se
mettre à filigramme.

Mon malheur, aux yeux des élégans,
vint de ce qu'on ne trouvoit pas chez

moi un seul vice à cueillir ; car on jette maintenant un regard de pitié sur une ville, sur un quai, sur une boutique où cela ne se rencontre pas. Une Marquise aux grandes manieres, aux grands airs, se voyant l'autre jour obligée de se réfugier chez moi par l'étourderie d'un Cocher qui brise sa voiture, entre, s'assied, soupire ; & sur le champ ses yeux se ferment, son visage pâlit, son pouls s'arrête ; & vîte & tôt on ouvre tous les flacons, on prodigue les eaux vivifiantes , on court chez le Médecin, on implore le secours de ceux qui passent ; & la mourante ne sort enfin de cet état, que pour s'écrier : « *Comment , moi,* » *femme de la Cour, femme du meilleur*

» ton , me trouver sur le Quai de Gê-
» vres , où il n'y a plus que la roture
» qui s'y rend , & quelques vieilles
» vertus qui s'y trouvent. Oh ! j'en
» mourrai. Malheureux Cocher ! je
» lui avois tant recommandé que s'il
» devoit un jour me verser, ce fût au
» moins dans un quartier diſtingué. »

Cependant la Marquiſe renaît, &
c'eſt pour gratifier à la maniere des
riches les perſonnes qui lui ont pro-
digué leurs ſoins officieux, en leur
offrant la plus mince récompenſe,
qu'ils eurent la nobleſſe de refuſer.
Là je reconnus mon ſang.

Depuis que Paris devient une
ville toute neuve, il eſt bon
d'apprendre au Public qu'il y a

des quartiers distingués , d'autre
ignobles ; des rues pour des Du-
chesses , d'autres pour des Bour-
geoises, enfin des rues perdues pour
les gens ignorés, & pour les gens
qui se cachent.

Sans doute on verra bientôt de
nouveaux quais avec des inscriptions
qui indiqueront leur origine ; peut-
être même en fera-t-on en porcelaine,
en émail. Rien ne coûte maintenant
aux Artistes : l'art fait aujourd'hui
plus de miracles que la nature même.
Je ne serois point surpris qu'il y eût
des hommes assez singuliers pour pro-
jeter un pont de carton. L'on a bien
essayé d'en faire des bateaux : mais
faut-il que je sois à la veille de ne plus

exifter , quand les modes Françoifes
doivent opérer d'auffi charmans pro-
diges ? On ne parlera de moi que pour
vanter ma loyauté : & dans un fiecle
auffi fretillant que le nôtre, quelle
pitoyable oraifon funebre ! Plus on dira
que je fus un lieu sûr, où l'on ne prit
qu'un léger bénéfice fur toutes les
marchandifes , plus on fe rira de ma
fottife.

Mes ennemis publieront, à coup
sûr, que je ne fus fi honnête & fi
défintéreffé, que parce que le voi-
finage du Châtelet favoit m'inti-
mider ; mais pour peu qu'on remonte
à mon origine, on verra que ceux
qui me projeterent, que ceux qui
me bâtirent, furent les perfonnages

les plus honnêtes, qu'ils me communiquèrent leur probité; & si l'on daigne parcourir les regiſtres qui me concernent, on ſaura qu'il n'y eut jamais dans ma petite enceinte, ni querelles, ni batteries, ni rendez-vous funeſtes; qu'on n'eut beſoin, ni d'envoyer le Commiſſaire, ni d'a-poſter des Sentinelles pour me maintenir dans l'ordre & dans la paix; qu'en un mot, je finis auſſi loyalement que j'ai commencé; enfin l'on apprendra que les générations qui deſcendent en ligne droite du Quai de Gêvres, furent & ſont compoſées de dignes Pariſiens pleins de franchiſe, pleins de loyauté, fideles à leur Religion, fideles à leur Roi, fideles à leur Patrie. Quand il y avoit du bruit dans les ménages, de l'infubordination de la part des enfans, tout cela ne me regardoit pas. Plutôt que de tomber entre les mains de la Juſtice, j'aurois fait capot. Il m'étoit ſi facile de m'accroupir dans la Seine ; à peine s'en feroit-on apperçu. Il n'en feroit pas ainſi du Palais-Royal, s'il venoit à manquer : que de demoiſelles fans adorateurs, que de Chevaliers d'induſtrie ſans pain, que d'oiſifs fans exiſtence ! Mais comme je ne fuis point impeccable, je m'accufe d'avoir été trop facile pour la vente des livres à la mode. Il y en eut..... hélas ! Au reſte, je vendis nombre de bons ou-

vrages : comme les temps ont changé !
La premiere production en poéfie que
je débitai, confiftoit dans un fuperbe
quatrain. Le livre, comme on voit ,
n'étoit pas volumineux ; mais alors
on ne comptoit pas les pages, &
les lignes valoient des feuilles, &
l'Auteur, qui n'avoit fait qu'un
fonnet, étoit mieux récompenfé que
ceux qui, maintenant, en feroient
mille. On a tant multiplié cette
denrée, foit en louant, foit en cri-
tiquant à tors & à travers, que des
poêmes entiers n'étonnent perfonne ,
que ceux même qui les compofent
n'ont, pour l'ordinaire, d'autre avantage que d'être bien critiqués. Des
Poëtereaux de toute efpece ont réel-

lement gâté le métier. Ce ne font que des penfées & des rimes tournées & retournées de mille manieres différentes. On vouloit l'autre jour me vendre un poëme énorme, compofé de cinquante-fix chants, tous en vers de deux fyllabes fur les dernieres divifions de la Hollande ; & , chofe comique, c'eft que des noms propres de quatre fyllabes, l'Auteur en faifoit deux vers. Je le refufai, bien entendu, & pour toute réponfe, je me contentai de dire, *Tarare !* mot qui fûrement va devenir à la mode.

Mais il faudroit connoître les productions bizarres que je vendis au moment de ma création. La lifte eft une chofe curieufe à voir, & prouve

le goût qui régnoit alors. En voici
quelques échantillons..

Une vieille Tragédie de College
où tous les verbes & tous les noms
faisoient chacun leur rôle, & où l'on
faisoit gravement danser le supin
avec le prétérit, le nominatif avec
le datif.

Un Livre de dévotion, intitulé :
le Pistolet sacré pour casser la tête
au péché mortel.

Les aventures d'un Chevalier
pourfendeur, qui avoit éventré tous
les vices, & forcé le Diable à se
tenir coi.

La sagesse de la fille présomp-
tueuse, désarçonnée par Satan.

L'histoire de l'amoureux transi,

tué par une œillade de fa maîtreffe fous les murs de Madrid.

La voliere des defirs privés de leur ailes, & gémiffans dans la captivité

La Courtifane fanfreluchée de tous les vices du temps, & coëffée de tous les ridicules.

L'honneur trafiqué par une jeuneffe impudente, & remis dans fes droits par le R. P. Marc Luc Roc Grif de Larsfondras de Carabifande.

On s'arrachoit alors de pareils ouvrages, & ceux qui les compofoient fe croyoient les premiers hommes du monde. Tant il eft vrai que lorfqu'on fuit la marche des fiecles, on voit des chofes bien extraordinaires !

Mes

Mes boutiques de Libraires se dégarnirent insensiblement de ces livres gothiques, parmi lesquels il y avoit les légendes les plus croustil-leuses, où de fausses crédulités avoient entassé les faits les plus burlesques & les plus apocriphes ; de sorte que, selon l'expression de Boileau, *l'on jouoit alors les Saints par piété.*

A mesure que la mode prit faveur, chacun s'empressa de rajeunir les pensées ; l'on façonna l'esprit, on lui fit faire toilette ; il ne produisit plus que des mots sentimentés, que des phrases calamis-trées. On voulut que les Muses devinssent Marchandes de modes, & qu'elles ne donnassent au Public

D

que des nouveautés , & tous les jours sans relâche. Cela valut à nos Poëtes l'honneur de se rendre ridicules. N'importe, on aime cette façon de procéder; & chaque livre se ressentit de cette étrange révolution. L'on trouva le moyen de faire un ouvrage délicieux, en l'intitulant d'une maniere agréable, en le relevant par une reliure élégante.

Je fus , je l'avoue, tout étonné de me voir *bourré* d'esprit, moi qui, toujours simple & toujours unique, n'aimai que le solide & le vrai. Mais un de mes anciens Locataires, me dit : Camarade , nous allons mourir de faim, si nous ne faisons comme les autres. Les grands principes menent à l'Hôpital, & nous avons trop bon appétit pour y aller.

Ce qui me donnoit de l'amour pour l'antique, c'est que je conservai toujours des relations avec le Marais, qui, du temps de ma création, étoit aussi grotesque que le portail de Notre-Dame. Les peres faisoient alors un crime à leurs fils d'aller dans le quartier Saint - Honoré, qui commençoit à devenir coquet; & un fils aîné, pour y avoir passé la moitié d'une semaine, se vit déshérité; mais on cassa le testament qui parut un ouvrage *ab irato*. Le quartier Saint-Honoré porta plainte, & pour ne pas le flétrir, on lui donna satisfaction.

Cela me rappelle qu'une Dame de l'Ifle Saint - Louis préfenta alors une requête contre un fils unique qui dépenfoit par an foixante pieces de quatre fols pour fes menus plai- firs ; elle demandoit à la Juftice qu'il fût enfermé.

Une de nos anciennes Commeres me difoit l'autre jour : Eh ! pourquoi plutôt que de nous détruire, ne prend- on pas le parti de couvrir toutes les rues & tous les quais, d'autant plus qu'à Paris on ne peut faire un pas fans rifquer fa vie au milieu des voitures, & fans être horriblement éclabouffé ? Alors nos petits agréa- bles ne prendroient plus d'écra- feurs pour Cochers, & nous ne nous

appercevrions pas de l'hiver qui aime
tellement Paris, qu'il ne peut abfo-
lument le quitter. Il eft vrai qu'on
le chauffe & qu'on le dorlote fi
bien, qu'il auroit tout le tort poffible
de chercher un autre afile. C'eft bien-là
qu'il peut dire, comme dans une
vieille chanfon : *Peut-être ailleurs
ferions-nous pis.*

Suppofons pour un moment que
le défir de la bonne Commere vînt
à s'effectuer, & que réellement
dans Paris on ne marchât plus que
fous des toits ; eh bien ! que feroient
nos étourdis, eux qui prétendent
que le peuple eft la litiere, & que
les gens de qualité font faits pour
le fouler ? Sans doute, privés de cette

jouissance , ils seroient désespérés. Rien d'aussi impudent qu'un stupide orgueil.

Qui croiroit néanmoins que ces fortes d'êtres écrivent ? Oui, ces étourdis qui n'ont jamais lié deux idées , prennent la plume, & s'avisent de se faire imprimer. Quelques saillies les sauvent du naufrage que feroient leurs ouvrages ; & tout en voulant les critiquer on les trouve plaisans, sur-tout lorsqu'ils n'ont pas le sens commun , & qu'ils louent éperdument une Actrice, ou qu'ils frondent de grandes vérités. C'est un passe-port pour leurs productions.

Il est incroyable combien l'on a réparé le temps où l'on rougissoit d'écrire. Tout Écolier veut se faire imprimer, pour se placer dans quelque Lycée au rang des Auteurs.

Au reste, qu'on barbouille du papier tant qu'on voudra, ce n'est pas là ce qui me fâche.

Je suis bien plus affligé de voir que ma petite République, presqu'aussi grande que celle de Saint-Marin, va se disperser incessamment, & pour gîter où ? je l'ignore. Ah ! quand les oncles, les tantes, les cousins, les neveux vivront éloignés les uns des autres, ils perdront le goût de la parenté, ils abjureront cette bonhomie qui nous lioit tous ensemble, & qui nous attachoit strictement à nos devoirs. Je crains qu'il

n'y ait bientôt plus pour eux ni vê-
pres, ni sermon, car ils y alloient
encore exactement. Cela voudra se
mettre à la mode, & peut - être
jusqu'à se croire de même nature
que la taupe & le hibou. Un enga-
gement mene plus loin qu'on ne
pense, mais ce ne sera pas ma faute,
J'ai fait mes représentations, & ne
puis rien de plus.

On dit que je dépare la belle
Ville de Paris, & que n'étant gueres
mieux que les charniers des Innocens,
je dois avoir le même sort. Autant
valoit - il donc m'envoyer tout d'un
coup à Clamart.

Mais s'il faut abattre tout ce qui
ne répond pas à la beauté du quar-

nier Saint - Honoré, & à l'élégance
du Palais-Royal, il n'y a qu'à brûler la moitié de Paris, & commencer par mettre sous les ruines toute
la Cité ; cela vaut encore moins que
moi, & cependant cela reste. On
fait grace à certains quartiers, parce
que M. le Duc y a son hôtel, parce
que Madame la Comtesse y demeure,
au lieu qu'il n'y avoit pas la plus petite ombre de noblesse dans toute
l'étendue de mon territoire. J'étois à
cet égard comme la République de
Geneve, sans titres, sans seigneu-
ries, sans cordons, & je n'en valois
pas moins.

Encore si mon emplacement eût
nui à quelqu'un ; mais, au contraire,

il étoit un abri dans les mauvai
temps, & bientôt on fentira le dé-
fagrément d'être à la belle étoile
Nos élégantes fe plaindront bien vîtc
quand je ne ferai plus, & qu'oi
aura mis les ponts à découvert. Jc
vois leurs jolis chapeaux enlevés par
la bife qui fouffle de toutes parts,
& rouler de maniere à ne pouvoir
être atteints. Je vois les parapluies
emportés par des ouragans, & j'en-
tends les cris de la belle *Alife* qui
a toute la peine du monde à retenir
fes jupons.

Mais on veut les grands airs ; &
tout ce qui fent la fimplicité n'eft
plus tolérable. Il y a plus d'un demi-
fiecle qu'on facrifie l'utile à l'a-

gréable, & qu'on defire des ponts en
l'air, des édifices mobiles, des
maifons toutes en fenêtres : encore
fi les hommes ne fe reffentoient
pas de ces ridicules ; mais ils ne
font plus eux - mêmes que des coli-
chets. Petites poupées, petits bam-
boches, ils femblent être les enfans du célebre Vaucanfon, des hommes à refforts : c'eft réellement fur
des Automates qu'on les a modelés.
Notre ame nous quitte fans ceffe
pour errer dans des efpaces imagi-
naires, & il ne nous en refte plus,
quand il s'agit de venir au fecours
de nos freres, ou de raifonner. Des
mines, des geftes, des pas, des mou-
vemens, nous voilà ; & l'on a tort

ſi l'on nous demande quelque choſ
de plus, à moins que ce ne ſoit un
libelle, une charade, un calembourg
car il faut être de bon compte, nou
ſommes encore capables de ce gé
néreux effort.

Que ſont par exemple la plupar
de nos gens à cabriolets aux yeu
d'un Eſpagnol ou d'un Allemand
ſinon des êtres purement mécani
ques, qui ne ſavent que monter dan
une voiture, en deſcendre, frappe
rudement un cheval, crier *gare*
entrer chez une fille, y bâiller; &
ce qu'il y a de bizarre, c'eſt qu'o
trouve ces perſonnages dans l
claſſe de tous les Citoyens, juſqu
chez le Robin qui ſe glorifie de ſ
montre

montrer sous ces dehors. Vous le voyez en frac vert-bouteille, en cataugan, jouant le militaire, & prenant presque le ton tapageur.

Si du moins on élevoit les enfans selon la méthode de mes petits états, ils honoreroient pere & mere, ils aimeroient leurs devoirs, ils craindroient Dieu; mais aujourd'hui tout est bouleversé. Il n'y a plus d'amour que pour des objets frivoles, plus de passion que pour de l'argent, plus d'amitié que par intérêt. N'a-t-on que neuf ans, on dit, *moi*, jamais *toi*; l'égoïsme faisant déja son effet, on s'isole de la bonne société pour ne fréquenter que la mauvaise; & si *papa* se plaint, *papa* est un rado-

E

reur ; & fi *maman* reprend, *maman*
eft ridicule. Telle eft la méthode
de notre joli fiecle.

Quant au phyfique, une petite
fille paroît toute débraillée, les bras
tout nus, la tête découverte, &
c'eft ainfi que pour la préferver du
rhume, on l'expofe à mille autres
accidens.

Je connois des meres qui laiffent
coucher leurs enfans tantôt fur la
terre, tantôt fur un efcalier, pour
les rendre indépendans d'un fauteuil
& d'un lit. Ils penfent que c'eft merveilleux, parce que c'eft Anglomane.
Mais combien cela n'a-t-il pas d'in-
convéniens, ne fut-ce que le danger
d'expofer la pudeur ?

Il y a un Ecrivain qui prétend que les Anglois, auteurs de ces bizarreries, ne donnerent dans ces travers, que pour nous les faire adopter, afin de nous rendre ridicules. Le trait feroit affez plaifant. Pour moi, je ne les imitai jamais en rien, étant plus François qu'aucun individu de ma nation, & penfant que Paris ne fut point inftitué pour exifter à la maniere de Londres.

Cependant cela ne m'a pas préfervé du coup fatal qu'on me porte. Le reproche qu'on m'a fait de n'avoir pas été folide, ne devoit pas me nuire au milieu d'une nation légere ; c'étoit plutôt un titre pour être confervé. D'ailleurs, je n'ai pas encore vu qu’on prenne la hache pour renverſer les frêles édifices : ſi cela s’exécutoit à la lettre, quel abattis de maiſons dans Paris ! On les fait tellement à la hâte, qu’on en voit tous les jours crouler. Il n’y a que les bâtimens qu’on répare, alors on ne finit plus ; & les rues, malgré l’embarras qui en réſulte, demeurent long-temps obſtruées.

Il nous manque un ouvrage intitulé : *Les Inconſéquences Pariſiennes.* Oh ! ſi venant à différer de la plupart des Auteurs qui n’ont gueres que des doigts pour écrire, je m’aviſois de donner un ouvrage ſur cette matiere, quoique j’ignore le beau langage, il ſeroit amuſant. J’y

méttrois les traits les plus originaux.
On y verroit mes braves Contemporains pleurer aux noces, rire aux enterremens, travailler les jours de fête, demeurer dans l'inaction les jours ouvrables; on verroit les femmes à la mode manger à minuit, dormir à midi, ne prendre un mari que pour le détester, ne jouer que pour bâiller, n'avoir des Domestiques que pour n'être pas servi, des habits que pour être toujours en déshabillé, n'aimer enfin les personnes que pour les bouder, les plaisirs que pour s'en lasser.

Si lorsqu'on fait un mariage, on n'y mettoit toutes les herbes de la Saint - Jean pour le rendre indiſſoluble en joignant le civil au ſpirituel, en employant la main du Prêtre, & le paraphe du Notaire; chez les uns il ne dureroit qu'une année, chez les autres un mois, chez ceux-là qu'un jour. On en peut juger par la maniere dont on le traite. J'aimerois mon mari à la rage, diſoit l'élégante *Zéphyrine*, ſi l'on m'avoit fait une loi de le haïr.

Je n'eus chez moi que des ménages bien réglés, excepté un ſeul; l'époux étoit un tyran, l'épouſe un démon. L'on ſe maltraitoit à toutes les heures du jour. Il n'y eut qu'un Directeur raiſonnable qui ſut ramener la paix. Comment s'y prit-il? On ne le devineroit pas. Il donna une fiole d'une eau précieuse à la femme, lui recommandant avec le plus grand soin de la mettre dans sa bouche, & de bien la garder toutes les fois que le mari gronderoit. Le remede fut excellent. La querelle s'appaisoit dans un clin d'œil. On ne m'a pas dit le nom de cette eau divine, mais je crois qu'il ne seroit pas impossible d'en trouver. Rien de plus cruel qu'un mariage qui devient un sujet de discorde, dès le lendemain même qu'il est célébré. Il y avoit du moins autrefois des noces qui duroient plus d'un mois ; & c'étoit autant de gagné.

L'on pensa que le baquet du magnétisme, comme étant un centre d'attraction , auroit la vertu de réunir des époux mal assortis ; mais on est revenu de cette chimere. Si mon bon sens n'avoit été que du bel esprit, tous mes Locataires devenoient Mesmériens. On fit mille efforts pour me persuader que le Quai de Gêvres étoit le lieu le plus propre à magnétiser, par la raison que les boutiques étant en face l'une de l'autre , & dans une distance très-peu éloignée, l'on pouvoit, sans quitter sa place, opérer cette incomparable merveille. Une Comtesse enthousiaste m'offroit une somme considérable pour louer pendant trois mois toute la longueur du Quai. La chose eût été plaisante. On auroit vu des deux côtés des personnes

Me faire réciproquement des signes, se pâmer, s'endormir, devenir somnambules, se transformer en Prophetes, prédire, étonner enfin tous les spectateurs. Ah ! c'est alors que le Quai de Gêvres alloit sortir de son incognito, & reprendre faveur. On ne promettoit rien moins que la résurrection d'un mort. Et moi je dis à cause des ridicules que cela pourroit me donner, je veux la résurrection de tout un cimetiere, avant de me décider. J'avois lu les *Petites affiches*, & comme elles sont singulierement bien écrites & pleines d'esprit, je renvoyai le magnétisme & les Magnétiseurs en faisant beaucoup de révérences, & disant que je n'étois pas digne. On cria contre moi ; je laiffa crier ; on me traita d'ignorant , j préférai mon ignorance à tout leu favoir. Plus les chofes font invrai femblables, plus il faut s'en défier c'eft-là mon fyftême. Mais à Pari on fe précipite à travers les nouveautés , fans examen comme fans réflexion. Il y a cinquante ans qu'on prenoit un louis pour apprendre à deviner. Toute la ville y courut à deffein de connoître un fi beau fecret. On entroit dans une chambre où régnoit la plus grande obfcurité, & lorfque l'odorat avoit donné fa réponfe, on favoit à quoi s'en tenir.

Comme on n'avoit garde de s'en

vanter, & que chacun vouloit que
son voisin fût attrapé , l'affluence
flureroit encore , si l'on n'avoit pas
su le mot fin ; c'est sans doute un dé-
sagrément de vieillir , mais du moins
gagne-t-on l'expérience , la meilleure
chose pour n'être pas trompé. Combien n'ai-je pas vu de merveilles
dans Paris !

J'ai vu des gens que le Public
portoit aux premieres places, & qu'il
exaltoit comme des Dieux , n'avoir
pas le mérite des hommes les plus
médiocres. J'ai vu les pieces de
Théâtre les plus absurdes tenir
en l'air tout Paris. J'ai vu des
maris abandonner les épouses les
plus charmantes & courir après des

magots. J'ai vu des Auteurs sans vertu, sans génie, préconisés comme des oracles, & leurs ouvrages, quoique mal écrits, annoncés par-tout avec fracas. J'ai vu les faveurs de la fortune pleuvoir à grands flots sur des personnages qui en étoient eux-mêmes étonnés, tandis que de bons Ecrivains ne pouvoient rien obtenir, & mouroient dans l'indigence, au milieu de leurs excellentes productions; & quelle en étoit la cause ? Ils n'avoient point de prôneurs, je veux dire de *prôneuses*.

Relégué dans mon petit coin, sans autre extraction qu'une simple roture, sans autre appui qu'un plancher sur pilotis, je lorgnois en silence tous ces objets, & je me disois à moi-même:

même : Que tu es heureux dans ta sphere, de voir d'une maniere auffi fûre, & de ne pas te tromper ! & voilà comme les petits font dédommagés de ne pas avoir la fortune des grands. Si je parlois des doux plaifirs que je reffentis mille fois malgré ma médiocrité, on ne le croiroit pas. Il y a réellement des jouiffances pour tous les âges & pour toutes les conditions, comme il eft des adieux felon les caprices, felon la raifon, felon les goûts, felon les degrés d'affinité.

Par exemple, les adieux des amans font ordinairement très-langoureux. On ne peut fe réfoudre à fe quitter, l'on y va, l'on revient, & toujours la

F

douleur empêche d'articuler, & puis des fermens, des fanglots, tout eft de la partie; l'on fe jure mille fois une union éternelle, & dès le lendemain, nouvelles connoiffances, nouveaux amours; on s'écrit, on fe répond, & le temps, quelques jours après, emporte la lettre & la réponfe.

Les adieux des amis, beaucoup plus tempérés, n'ayant point leur fource dans l'effervefcence du fang, mais dans un cœur dirigé par la raifon, éprouvent toutes les angoiffes de la privation. On ne vit qu'à deffein de fe rejoindre, ou dans la réfolution de toujours fe regretter.

Les adieux des riches & des grands n'ont pour eux que la forme, par

la raison qu'étant presque tous égoïs-
tes, leur affection est étrangere à
leur ame. Ils ont le jargon de l'a-
mitié sans la connoître, & ils s'en
servent, si cela peut leur être utile,
ou les amuser.

Mais quant à mes adieux, ils sont
accompagnés des regrets que cause
la longue habitude, & du chagrin
de ne plus tenir à une ville telle
que Paris, où chaque quart d'heure
vaut un jour, où chaque personne
a toujours quelque chose à raconter,
où chaque coup-d'œil est un plaisir,
chaque pas une découverte ; ville
où ceux qui n'ont rien, vivent avec
élégance ; ville qui satisfait tous les
goûts, parce qu'elle possede tout ;

ville qui contente toutes les nations, parce qu'elle prend tous les tons.

Aussi pour peu qu'une mode ne soit pas de Paris, elle a nécessairement des defauts. Une Comtesse du Languedoc, quoique enchantée des excellentes qualités d'une Femme-de-Chambre, la renvoya parce qu'elle n'étoit pas née dans le voisinage du Palais - Royal, quoiqu'elle fût du village d'*Houille* qui n'est qu'à trois lieues de Paris. Houille, s'écrioit-elle, eh ! qui peut naître là ?

Cela ressemble à la folie de deux originaux, dont l'un pleura toute sa vie de ce qu'il n'avoit pas les cheveux blonds-dorés , & l'autre de ce qu'il étoit né roturier. Il eut beau acheter des pri-

vileges, des titres, des châteaux, épou-
ser une Allemande noble à trente-
deux quartiers ; sa douleur ne s'appaisa
jamais, & il seroit mort, si on ne lui
eût fait une belle généalogie. Ce
n'étoit pas le cas de dire, à beau
mentir qui vient de loin, car il n'y
avoit rien de plus près que son origine.

J'eus pendant quelques mois un
de ces Généalogistes qui s'avisa de
venir demeurer sur mon sol. Je le
vénérois comme un homme à miracles, qui donnoit aux enfans les
peres qu'il vouloit, & qui les pé-
trissoit d'un nouveau limon. Il rem-
plit l'histoire & la France de ses
rêveries, & ces songes ont passé pour
vrais. On l'a cru sur parole, de ma-

F 5

niere que je vois des Nobles de
fa façon qui lui doivent cinq à fix
fiecles d'exiftence. Comme on lui
payoit une piftole par chaque année,
la généalogie ne pouvoit manquer
d'avoir une ancienne date.

Depuis que le luxe s'eft emparé
de notre bonne ville, où du temps
d'Henri IV on étoit fi franc, on
fe fait un honneur de trahir la vérité. Le marchand a deux poids,
la dévote deux confciences, le dé-
biteur deux paroles, la coquette dix
maris. On déguife la vérité comme
les vifages.

Je ne ferai bientôt plus témoin
de ces fupercheries, & c'eft ce qui
peut me confoler; car je prédis que

les chofes iront toujours en empirant.
J'oferai dire par exemple, fans crainte
de me tromper, que le nouveau
pont qu'on prépare fur la Seine, &
qui n'aura que la longueur des
Tuileries entre lui & le Pont-Royal,
ne fera point auffi honnête que feu
le Pont Notre-Dame, mon cher &
amé voifin, à raifon du proverbe :
*Dis moi qui tu hantes, je te dirai
qui tu es.* Tous les gens à carroffe
affiégeront le nouveau pont ; & ce
ne font pas en général les plus dé-
licats dans leurs procédés. J'avois
l'avantage de n'en voir jamais chez
moi, & de me rappeler le bon temps
où les Préfidens n'avoient qu'une
mule pour les porter, & les Rois

que des bœufs pour les traîner.

On diroit que les nouveaux édifices changent les mœurs. Depuis que la Marquife de *** s'eft fait bâtir une maifon triangulaire par une bizarrerie fans exemple, elle n'a plus l'efprit rond , & l'on craint fa fociété. *Dorimene* occupe une maifon extrêmement élevée, & chacun redoute fa hauteur. Il y a des Grands dont on compteroit la vanité à proportion de leurs étages, de leurs glaces, de leurs croifées. C'étoit un labyrinthe que la maifon d'un Commandeur que j'ai connu, & fon cœur étoit indéchiffrable.

On voit bien que je touche à ma fin, & que je bats la campagne. Il

est naturel de s'étourdir sur des chagrins qu'on ne peut empêcher ; &
j'ai toujours pris le parti de ma nation, quand on lui a reproché de
rire & de chanter au milieu du
malheur. Une tristesse qui ne
sert à rien, est mille fois plus dé-
raisonnable que la gaîté d'un homme
qui prend son parti sur un mal qu'il
ne peut empêcher. D'ailleurs, la
joie ne sied gueres qu'aux François
qui, nés de préférence à tous les
peuples, pour la société, ont dans
la tournure de leur esprit & de leur
cœur, de quoi se contenter. Il y en
a qui murmurent, car il y eut toujours des frondeurs, mais du moins
se plaignent-ils en vidant la bou-

teille & mangeant le chapon. Heú-
reux le Gouvernement où l'on ne
fe plaint qu'au milieu de l'abon-
dance ! mais il eft dans la nature
de l'homme de toujours crier, de
toujours rappeler le temps paffé.
C'étoit l'hiftoire d'un Fermier général, qui, s'étant remarié, regrettoit
toujours la défunte. La défunte,
difoit-il, alloit tous les jours à la
meffe ; la défunte ne manquoit jamais de faire la priere matin &
foir ; la défunte rentroit de bonne
heure, & fortoit rarement. La nouvelle mariée, fatiguée de ces propos que les gens même de Mon-
fieur ne ceffoient de répéter, fait
un foir fonner la priere : quel chan-

yement ! tout le monde est dans
admiration, & tout le monde y
tient. Elle commence elle - même ;
x l'oraison finie, elle dit un *de
rofundis* pour la défunte, ajoutant
suite : J'ai ordonné pour demain un
rand service à l'intention de la
funte, où nous assisterons tous ;
comme les morts n'ont besoin
ue de prieres, j'espere qu'il ne sera
us question *de la défunte*, mais
en de la vivante qui est encore
op jeune pour penser à votre ma-
ere.

La jeune épouse avoit caché son
; mais qu'est ce qui ne se dé-
ise pas, sur-tout pour se marier ?
n'y a que chez moi où l'on fut

toujours fincere à cet égard. J[e]
me rappelle encore qu'un de me[s]
bons locataires dit à fa future ava[nt]
de l'époufer : Je vas commencer no[s]
amours par vous montrer une an[-]
cienne plaïe que j'ai à la jambe ; ell[e]
ripofta par l'exhibition d'une [au-]
tre vive , & ces deux maux m[ê-]
lés enfemble produifirent le pl[us]
merveilleux effet. Ils fe foignere[nt]
réciproquement avec tant de co[r-]
dialité, que leurs douleurs devinre[nt]
pour ainfi dire des plaifirs.

Il n'y a que de bonnes gens, il fa[ut]
en convenir, qui puiffent avoir ce[tte]
franchife. Mais ailleurs tout eft p[os-]
tiche, jufqu'au cœur qu'on fait h[a-]
bilement farder. Et puis quelle gé[né-]
rati[on]

ration voulez-vous attendre, quand les races s'abâtardiſſent de la ſorte ?

Le Public qui m'entend ainſi babilier, s'étonne ſans doute de ce que je ſuis auſſi courageux dans mes derniers momens ; mais ſi je n'ai pas fourni une carriere éclatante, il faut au moins avoir une belle fin ; comme c'eſt le dernier acte de la piece, il eſt celui dont le Public ſe ſouvient le mieux.

Eh ! que diroient mes chers Habitans qui me tinrent ſi ſouvent fidelle compagnie, ſi j'allois, en terminant mes jours, faire le poltron ? Non, non ! le Quai de Gêvres n'a pas moins de cœur qu'Alexandre. On ſait que tout petit qu'il étoit, il montroit une bravoure incroyable. J'ai d'ailleurs eu le temps de me préparer à ce funeste coup.

Mais je dirai toujours que si j'avois pu faire une ville selon ma maniere de voir, elle eût été parfaite dès le moment de sa construction. Jamais je n'eusse voulu rapiéceter mon ouvrage. On ne voit point le grand Etre défaire une étoile pour en refaire une autre, détruire un fleuve pour en substituer un plus vaste ou plus profond. C'est un vrai malheur d'exister dans un pays où l'esprit suit le tourbillon des vents & la mobilité des nuages. On ne fait sur quoi compter.

Encore si lorsqu'on m'aura mutilé, l'on traitoit avec une certaine décence mes membres épars; mais je tremble qu'on ne me faſſe entrer dans la ſtuêture de quelque édifice deſtiné à loger un Monopoleur; qu'on ne m'emploie enfin à l'uſage de ces tyrans qui font gémir la terre ſous le poids de leurs injuſtices & de leur orgueil.

On a détruit l'énorme S. Chriſtophe qui ne nuiſoit à perſonne, & qui valoit au moins les pierres miſes à ſa place. Eh bien! qu'eſt-il devenu? Dieu veuille que les différentes parties qui compoſoient ſa ſtature, n'aient pas été profanées par l'emploi qu'on en aura fait.

Ce Colyſée ſi charmant, ſi

vanté, n'eſt plus ; cet arbre de Cra-
covie qui, comme les chênes de Do-
done, parloit tant qu'on vouloit, a ſu-
combé ſous la hache ; & voilà comme
dans un moment on détruit ce qui
ne flatte plus la fantaiſie. Il ne faut
qu'une tête exaltée pour tout renverſer. Je ne ſerois nullement ſurpris,
ſi l'on venoit à parier que ces maſſes
gigantefques qui vont ſervir d'intro-
duction à la Capitale, diſparoîtront
dans quelques jours ; & encore moins
étonné ſi l'on venoit à gagner la
gageure. Ce qu'il y a de ſûr, c'eſt
que ce ſont des veſtibules monſ-
trueux qui ſe verront de loin, & que
ſi l'on aime les colonnes, on en a
mis à profuſion.

Que les chiffons d'une petite Maîtresse, que les ouvrages d'un Ecrivain frivole, périssent au bout d'une année, & même à la fin d'un jour, c'est fait pour cela ; mais que des monumens qui furent utiles & qui font époque, se perdent dans la nuit, & qu'il n'en reste aucun vestige, voilà ce qui doit affliger & surprendre.

Quelquefois je survis à moi-même, & je me représente Paris lorsque je n'y serai plus : lorsqu'enfin cent ans se seront écoulés, on verra sans doute beaucoup de magnificence & beaucoup de misere, l'indigence étant inséparable des richesses. A mesure que l'éclat d'une ville augmente, la cherté des vivres croît, par la raiſon que les étrangers abondent ; & que la main d'œuvre n'a plus de prix. Les beautés ſe font payer à de gros intérêts dans quelque genre que ce puiſſe être. Cette Ville devroit nous appartenir, diſoient un jour deux Anglois en parlant de Florence. Depuis que nos Compatriotes la viſi-tent, & qu'ils y font de longs ſéjours, nous l'avons ſûrement bien payée.

Paris dans un ſiecle ſera donc ſu-perbe & ruineux, conſéquemment moins viſité par les Provinciaux, ſur-tout par ceux du Berry, du Li-moſin, de la Lorraine, qui calcu-lent trop avec eux-mêmes, pour dé-penſer ſans néceſſité.

On ne verra plus alors ces modes

que nous trouvons fi charmantes ;
on aura même peine à fe perfuader
que les femmes fe crurent belles en
obombrant leur front de cheveux ,
c'eft-à-dire , en cachant ce qu'il y
a de plus noble dans la phyfionomie.
On montrera comme une rareté
digne des temps gothiques , les larges
boucles dont on tire aujourd'hui tant
de vanité ; l'on fe rira du coftume
de ces jokeis dont on couvre le vifage
de crins comme s'ils étoient des bê-
tes , ou comme s'ils avoient fait
un mauvais coup ; mais la furprife
ceffera quand on apprendra que cet
ufage bizarre venoit des Anglois.
On fait qu'ils ne font pas heureux
en fait de jolies inventions.

On ne pourra croire que dans un fiecle renommé comme l'âge du goût & du génie, l'on ait mis au jour certains poëmes, certaines pieces de théâtre dont Paris a femblé s'enorgueillir. On dira que ce fut l'effet d'une effervefcence qui reffembloit à la folie , & que la nation en rougiffoit.

On ne faura pas comme fe nommoient des perfonnes qu'on vante aujourd'hui de toutes parts ; ce qui prouve l'incertitude des réputations, & combien il faut être réfervé dans la diftribution des éloges & des fatyres.

On ne trouvera plus de traces de cet homme fameux, qui vola fi bien pendant sa vie, qu'après sa mort même il escamota un mausolée. Sa mémoire & les monumens qui le rappeloient, tout aura péri.

On rougira pour mes Contemporains qui firent leur cour à des hommes malfaisans, n'ayant égard qu'à leur crédit, ainsi qu'à leur place; & l'on dira : Heureux celui qui ne loue que la vertu, & plus heureux encore celui qui n'ambitionne que le bonheur de la posséder !

Mais voici le moment de ma dislocation, & déja les cris, les embarras de la multitude qui déménage, me jettent dans l'abattement. Allons donc vîte, dit Hélene à sa servante Margot, voici les charrettes

qui arrivent ; qu'on prenne garde
fur-tout à ce petit miroir. Miféri-
corde ! s'écrie Madame Sirotot, le
chauffepied de Mademoifelle Niaulin
qu'on vient de mettre en pieces.
Comme ma tante va gronder quand
elle verra cela ! .... Veux-tu te taire,
encore une fois ; .... il n'y a, ma foi,
que les honnêtes gens qu'on vexe....
Oh ! fi l'on me reprend jamais fur
un quai.... ! Jufte Ciel ! n'ont-ils pas
abîmé la robe de ma fœur.... ; &
ce paquet d'éventails, où l'as - tu
mis ? .... Des Catins n'éprouvent pas
ces révolutions.... Que faites - vous
donc là ? vous oubliez le plus effen-
tiel.... Je voudrois bien favoir que
font ici ces badauts qui nous regar-

dent ? J'allois me tuer , fi je n'avois
paré le coup. Cette diable d'échelle
a penfé m'écrafer.... Oh ! ma mere,
on dit qu'on va brûler le quai quand
nous n'y ferons plus.... Que le diable
l'emporte.... & le rapporte , il n'y
aura rien de fait`, & nous nous trou-
verons comme nous étions.... Vous
n'arracherez jamais ces cloux, fi vous
n'avez des tenailles.... Eh ! nos bro-
chures ; gage qu'elles feront encore
ici à minuit.... Que voulez-vous
que j'y faffe , s'ils s'amufent à boire....
Ma Commere, je crois que nous
allons avoir de la pluie ; cela va
bien nous accommoder.... A mon
âge décamper , c'eft bien douloureux...
Laiffez les faire : Paris, à force d'être

joli , deviendra ridicule. On dit qu'on n'y veut plus que des Roués , des Comédiens , & des Filles.... Il y paroît. Vous n'aviez donc pas encore vendu vos manchettes à trois rangs ? .... non s'il vous plaît. Je te vas tapper fi tu parles.... Pefte foit des enfans ! Et toi, alonge la main, tu *aveindras* cette cuvette.... Ah ! mon Dieu, il n'en refte que cela ! Colinette eut l'habileté de caffer le pot hier au foir.... Eh bien ! ne voilà-t-il pas la charrette qui tranfporte les effets de ma voifine ! .... La patience m'échappe quand je penfe que la nôtre ne vient pas ; & la nuit qui va nous furprendre.

Madame Barbeau ! Madame Barbeau !

beau! mettez la tête à la fenêtre....
on vient de casser la patte de votre
petite chienne; & à moi l'on m'en-
porte deux boîtes de cure-dents....
Hélas! ma chere, c'est bien un jour
de malheur: la pauvre petite bête....
j'avois prévu cela.

Bon soir, ma voisine, à demain;
pourvu qu'il n'y ait point quelque
nouvelle diablerie; qui sait, si l'on
ne nous fera point revenir? .... Plût
au Ciel.... Mon mari, cours donc
accompagner la charrette.... Tu ba-
vardes toujours sans savoir; ce n'est
pas la nôtre. Pardié! ne semble-t-il
pas que tout est perdu?

Je suis heureuse ce mois-ci....
mon oncle le Curé vient de démé-

H

nager en se faisant enterrer. Ma sœur
est accouchée d'un enfant mort....
Que me dites-vous là ? .... Tous les
malheurs viennent en même temps.
Le jour que mon beau chat se noya....
l'on me prit neuf francs que j'avois
dans ma pochette.

Pressons - nous : la chose en vaut
la peine ; pour le moins autant que
l'affaire du petit Maître qui vouloit hier tout bousculer pour aller
à la Comédie , & qui disoit au
Curé : Enterrez donc vîte mon oncle, je n'ai point de temps à perdre :
on donne *Ruse contre Ruse*, & je
ne l'ai pas encore vue.

Il ressembloit sans doute à cet
étourdi qui aimoit à voir toute sa

maifon en *feu*, prétendant qu'il n'y avoit rien de plus agréable que lorfqu'on pouvoit dire, feu mon pere, feu ma mere, feu mon oncle, feu ma fœur, feu ma tante, feu mon coufin.

Si nous étions en Angleterre, nous ne déménagerions pas comme cela.... Bon! vous me parlez-là d'un beau pays où le peuple donnoit jadis des coups de poing à tous ceux qui avoient le coftume François....

Oui, j'aimerois mieux être cent fois battue, que de déménager une.

N'eft-ce pas *chofe*, attendez, qui? le bon homme Richard, qui dit dans une brochure, que deux démé-

H 2

nagemens valent un incendie ?....
Ah ! mon Dieu oui ; si vous n'étiez
point si affairée, jè vous raconterois
ce qui arriva au sujet de ces coups
de poing.

C'est bien là le moment de raconter des histoires. Vous nous di-
rez cela ce soir.... prenez ce ballot
& partons.

Ils partirent en effet ; & le Marchand, jaloux de raconter son histoire, la rapporta telle que la voici :

Un nommé *Thorel*, Officier de
la plus grande bravoure, qui alloit
annuellement chercher de l'argent
au Cap, pour venir le dépenser
promptement à Paris, fut curieux
de visiter Londres, où, selon la mode

d'alors, il reçut plufieurs coups de poing, en qualité d'un François vêtu leftement, & qui avoit l'air de narguer la rudeffe du pays. Il les reçut fans replique, mais promettant bien au Ciel de s'en venger fur le premier Anglois qu'il rencontreroit à Paris. Ils font ici fur leur palié, dit-il en lui-même, il faut les refpecter. A peine fut-il de retour, que l'occafion fe préfenta fur le pont Saint-Michel. C'étoit un Anglois, que fon allure bizarre & fon affublement fingulier, dénotoient pour tel ; il l'aborde, il le falue, & lui apprend qu'ayant promis de frapper le premier Anglois qu'il trouvera dans Paris, pour fe venger

H 3

des infultes qu'on lui a faites à Londres, il ne peut s'empêcher d'accomplir fa promeffe. En conféquence, il le bat d'importance, en lui difant toujours qu'il ne lui en veut pas, qu'il ne l'étrille que par repréfailles. On s'attroupe, on crie, on les mene chez le Commiffaire; & lorfque l'Officier a déclaré fes motifs, le Juge prononce qu'on doit avoir égard à la colere d'un homme piqué, qui ne frappe que pour corriger. On les mit néanmoins tous les deux en prifon; & l'aventure, au bout de quelques jours, en refta là. L'Anglois même comprit parfaitement la chofe; & il fut fi honnête, qu'il pria le François de le frapper encore, au cas qu'il ne lui eût pas donné autant de coups qu'il avoit projeté ; car , disoit-il , rien ne doit arrêter , quand il est question de remplir une parole d'honneur.

Il faut convenir, comme disoit Madame *de Tencin*, à qui l'on racontoit la même histoire , *que c'est-là une excroissance de probité.*

Du moins, continua le Quai de Gê-vres, se voyant presqu'à l'agonie , si j'avois pu faire un testament & disposer de mes débris selon mon intention, j'aurois donné à ceux & celles qui me quittent , les restes de ma petite fortune & de mon existence. La Marchande de modes qui faifoit le coin, auroit eu pour fon hiver des poutres & des folives de quoi fe chauffer amplement. C'eft une brave femme qui ne vendit rien que d'honnête, & qui le donna toujours à jufte prix. Je me fou-viens encore d'un échappé de ce Palais-Royal qui ofa lui tenir des propos. Il faut voir comme elle le rabrouha.... Je remettrois auffi tou-tes mes ferrures à ce brave Libraire qui ne diftribue jamais des ouvrages prohibés, non par crainte, mais par des principes d'honneur, refpectant les loix, fe refpectant lui-même, & préférant d'être pauvre au trifte avantage de s'enrichir par des gains illicites. Auffi n'aura-t-il gagné que pour payer son déplacement.

Je testerois de cette maniere, léguant à d'autres mille petits souvenirs; mais déja je vois maître un tel, le bonnet quarré sur la tête, provoquer avec véhémence la cassation de mon testament, & dire en plein Palais que je n'avois point droit de tester : premiérement, parce que tout ce que je possédois appartient à la maison de Gèvres, dont je porte le nom, ou bien à la ville qui m'a fondé. Secondement, parce que la riviere sur laquelle on m'avoit posé, n'étant point en ma propriété, les donations que j'ai pu faire ne doivent pas avoir plus de consistance que les vagues de la Seine.

Et puis on fera une grande exclamation, & puis on citera la coutume d'une maniere défavorable, & puis on réveillera l'attention du Public par quelques saillies, & puis on se rengorgera, & puis on s'essuiera, & puis on sera conduit au milieu d'un brouhaha mêlé de louanges & de murmures , & puis mon pauvre testament sera anéanti; & moi, pauvre défunt , je n'aurai pu faire le bien après ma mort, parce que Madame Chicane , s'entortillant dans mille replis, viendra contrister mes mânes, & désoler ceux que j'instituois mes héritiers , parce qu'enfin je n'aurai alors plus le mot à dire.

Je pense bien qu'il y aura un

Mémoire fur cette petite affaire qu'on rendra majeure ; car fur quoi n'en fait-on pas? S'il y a des farcafmes, chacun fe demandera l'a-vez-vous vu? pourriez-vous me le prêter? où fe vend-il? dit-on qui l'a fait? Enfin, après une femaine, le Quai de Gêvres s'abattra, & ceux qui l'habitoient, gîtés chérement dans les premiers trous qu'on rencontrera, paſſeront leurs triftes jours à pleurer fur mes ruines, & à dire fans ceſſe: oh! comme alors nous étions heureux! oh! comme alors nous étions bien logés!

Je babille tant & plus, par la rai-fon qu'une fois mort je ne dirai plus rien, quoique j'en parle ici comme un aveugle des couleurs. Il y en a même qui prétendent que les morts s'entretiennent fur le compte des vivans. Je fais que *Marfelli*, dans fes Commentaires fur les Revenans, affirme, comme s'il l'avoit vu, que la chofe eft certaine. Il va même jufqu'à dire que les morts feftinent dans les Champs-Elyfées, & que la pluie n'eft autre chofe que la rinçure des verres qu'ils jettent fur nous avec mépris, quand ils fe difpofent à boire le nectar. Mais c'eft un Poëte qui parle; & je ne me mettrai pas en frais pour prouver qu'il a tort ou raifon.

Tout ce que je demande à mes braves Contemporains, à mes bons
Parifiens

Parisiens que je vas laisser après moi,
c'est qu'ils reprennent leur ancienne
franchise & leur ancienne gaîté, en
connoissant le bonheur qu'ils ont
d'exister sous le regne de Louis XVI,
le Monarque le plus loyal & le
plus vrai ; qu'ils abandonnent l'An-
glomanie qui les conduiroit jusqu'à
couper les oreilles de leurs chevaux,
chose barbare qu'on ne peut imagi-
ner qu'après un repas fumeux.

Qu'ils courent moins après l'esprit,
& qu'ils se souviennent qu'on n'en
a point, lorsqu'on le recherche ; &
que pour aller toujours au mieux,
on est souvent au mal.

Je desire en outre qu'on n'étale
d'autres marchandises que celles

dont je remplissois mes magasins, & qui toutes annonçoient la modestie.

On sait que les jeunes Abbés qui achetoient chez moi leurs collets, prenoient une telle impression de vertu, qu'on ne les voyoit alors ni arpenter les promenades publiques, ni courir les Spectacles. Depuis qu'on imagina les rabats à cadres, les calottes à réverbere, hélas ! hélas !....

Mais, silence sur cette matiere ; on pourroit s'y tromper, par la raison qu'on ne doit pas juger de l'homme par l'habit, & que les Abbés poupins ne sont que des feux follets, qui pétillent comme une fuſée, qui s'éteignent de même, & qui n'ont rien de commun avec les lumieres du Clergé.

Je deſire que la *bonne* Ville de Paris réponde toujours à cette dénomination, qu'elle ignore ce raffinement de malice & d'eſprit qui corrompt preſque tous les états, & que, loyale & ſincere ainſi qu'au temps de François premier, elle joigne à la politeſſe du ſiecle la bonhomie qui caractériſa nos bons aïeux ; qu'elle ſoit toujours le centre des Provinces, l'aſile des Etrangers ; non pour leur inſpirer des airs de coquetterie, mais pour les perfectionner dans l'étude des lettres & dans l'amour du bien public.

Je defire enfin qu'elle coule promptement à fond ces êtres venimeux
qui la rongent, qui l'appauvriffent
en paroiffant l'embellir, & qui en
font le fléau.

C'eft ainfi qu'en partant, je lui fais mes adieux.

Fautes à corriger.

Page 38, ligne 13, unique, *lifez* uni.
Page 50, ligne 14, Ils, *lifez* Elles.